閱讀123

國家圖書館出版品預行編目資料

泡泡精靈. 2, 玩具屋大冒險 / 嚴淑女文 ; 蜜可魯圖. -- 第一版. -- 臺北市 : 親子天下股份有限公司, 2020.12　面；　公分
ISBN 978-957-503-699-7（平裝）
863.596　109017691

泡泡精靈❷
玩具屋大冒險

文｜嚴淑女
圖｜蜜可魯

責任編輯｜陳毓書
美術設計｜林家蓁
行銷企劃｜王予農、林思妤

天下雜誌群創辦人｜殷允芃
董事長兼執行長｜何琦瑜
媒體暨產品事業群
總經理｜游玉雪
副總經理｜林彥傑
總編輯｜林欣靜
資深主編｜蔡忠琦
版權主任｜何晨瑋、黃微真

出版者｜親子天下股份有限公司
地址｜台北市 104 建國北路一段 96 號 4 樓
電話｜（02）2509-2800　傳真｜（02）2509-2462
網址｜ www.parenting.com.tw
讀者服務專線｜（02）2662-0332　週一～週五：09:00~17:30
讀者服務傳真｜（02）2662-6048　客服信箱｜ parenting@cw.com.tw
法律顧問｜台英國際商務法律事務所・羅明通律師
製版印刷｜中原造像股份有限公司
總經銷｜大和圖書有限公司　電話：（02）8990-2588

出版日期｜ 2020 年 12 月　第一版第一次印行
2023 年 4 月　第一版第三次印行
定價｜ 280 元
書號｜ BKKCD147P
ISBN ｜ 978-957-503-699-7（平裝）

泡泡精靈 2

玩具屋大冒險

文 嚴淑女 圖 蜜可魯

1. 特別的許願泡泡

九十九隻小螞蟻站穩嘍，飛船要起飛了！
波波捧著紙船，跳過水窪，把螞蟻送回城堡。
當蟻后向波波道謝時，他的泡泡智慧錶突然閃著緊急聲響！
嗶嗶

高舉泡泡智慧錶的露露，飛快衝到波波身邊。這時候，從百合花高塔中飄出一顆泡泡。
波波，快跟我一起戳破泡泡，接收願望能量球指派的緊急任務！
啵一聲！他們接收任務後，露露按下智慧錶上的黃泡泡，馬上飛出一臺泡泡飛船。
正當露露操作飛船時，被急忙衝進來的波波撞到，害她壓到螢幕鍵！

飛船一飛沖天，從魚缸中衝出來！

泡泡飛船掉落在一把尺上，馬上彈起來，又掉進迷宮般的通道。

飛船在通道裡滾來滾去，最後終於停下來了。頭昏眼花的露露從泡泡飛船中走出來，緊張的說：

露露，你快上來！滾滾球好好玩喔！
你怎麼又玩起來了！

露露想把波波拉下來，卻不小心滑倒了！她掙扎要爬起來，波波卻拉著她在玻璃珠上滾來滾去……

當他們滾到木框邊緣，露露一抬頭，就看見一顆金色的扭蛋朝他們滾過來，速度越來越快，越來越快！波波指著扭蛋，開心的大喊：

我要去看看裡面有什麼！

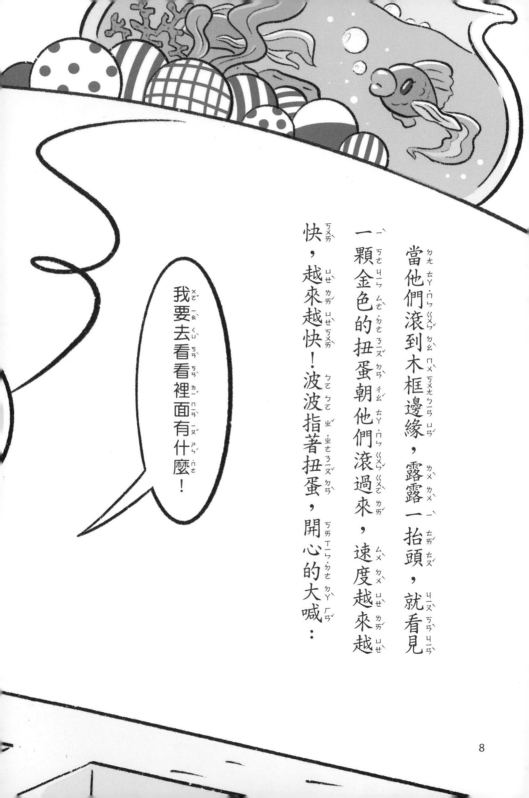

等一下！不要亂開！裡面有跳來跳去的黑影，有可能是影子妖怪啊！
來不及了！波波飛撲在扭蛋上快轉三圈，扭蛋撞到木頭邊框，被撞開了！

扭蛋中爬出一個穿著紫衣，短髮上綁著蝴蝶結，拿著一根掃帚的小女生，露露鬆了一口氣。

謝謝你們救了我！我是小魔女朵朵。
等一下！你說你是小魔女朵朵？我來看一下許願者的資料！

許願者
小魔女朵朵
願望 尋找 MM 怪獸
許願次數：7 次
願望泡泡：7 顆
你就是許了緊急願望的小魔女！

哇！你手上的是飛天掃帚嗎？沒想到我們的緊急任務是幫小魔女實現願望！

你們是泡泡精靈嗎？

露露和波波聽到朵朵的疑問，得意的按下手錶中央的泡泡，空中馬上飄出好多的彩虹泡泡。他們一邊跳泡泡踢踏舞、一邊唱著：

踢踢踏踏踢踢踏，
一起來吹泡泡！
願望泡泡飛上天，
泡泡精靈就來到！
我是露露！
我是波波！
我們是泡泡星的泡泡精靈！

你真心許願的願望泡泡飛到泡泡星了！

願望能量球一接收到你的願望，馬上指派能力最強的泡泡精靈，來幫你完成願望了！

朵朵瞪大眼睛，高興的說：「我剛剛被縮小在扭蛋裡，好緊張！我突然想起只要

對著各種泡泡許願，就有機會請泡泡精靈幫忙完成願望的傳說，我就趕快對著鬥魚吹的泡泡許願。太棒了！泡泡精靈是真的！」

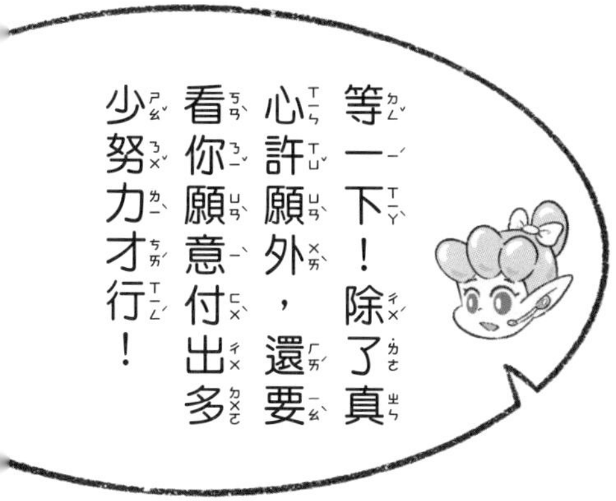
等一下！除了真心許願外，還要看你願意付出多少努力才行！

我願意付出努力！今晚八點前，一定要完成任務！
晚上八點？只剩下兩個小時！什麼任務要這麼趕？
我在麥爺爺的玩具店打工送貨。今天是麥爺爺的孫女拉拉的小一新生派對。爺爺特別製作一個神祕禮物，請我晚上八點送到花園大樓第九十九樓九號的窗口！

神祕禮物！大驚喜！快帶我去參加派對，一定很好玩！
你又忘了！我們不是來玩的！

傍晚六點，我正準備把禮物放進袋子裡，天花板突然出現一個黑洞。
嗚！沒有大驚喜了！因為——
一隻尾巴上有MM標誌的怪獸從黑洞跳出來。
牠拿著奇怪的玩具槍，對著玩具發射，玩具立刻縮小裝入扭蛋裡。

MM怪獸把一顆顆扭蛋放進背袋中。禮物也被縮小放進去了！
好酷的扭蛋槍啊！我好想玩喔！
波波，聽重點！

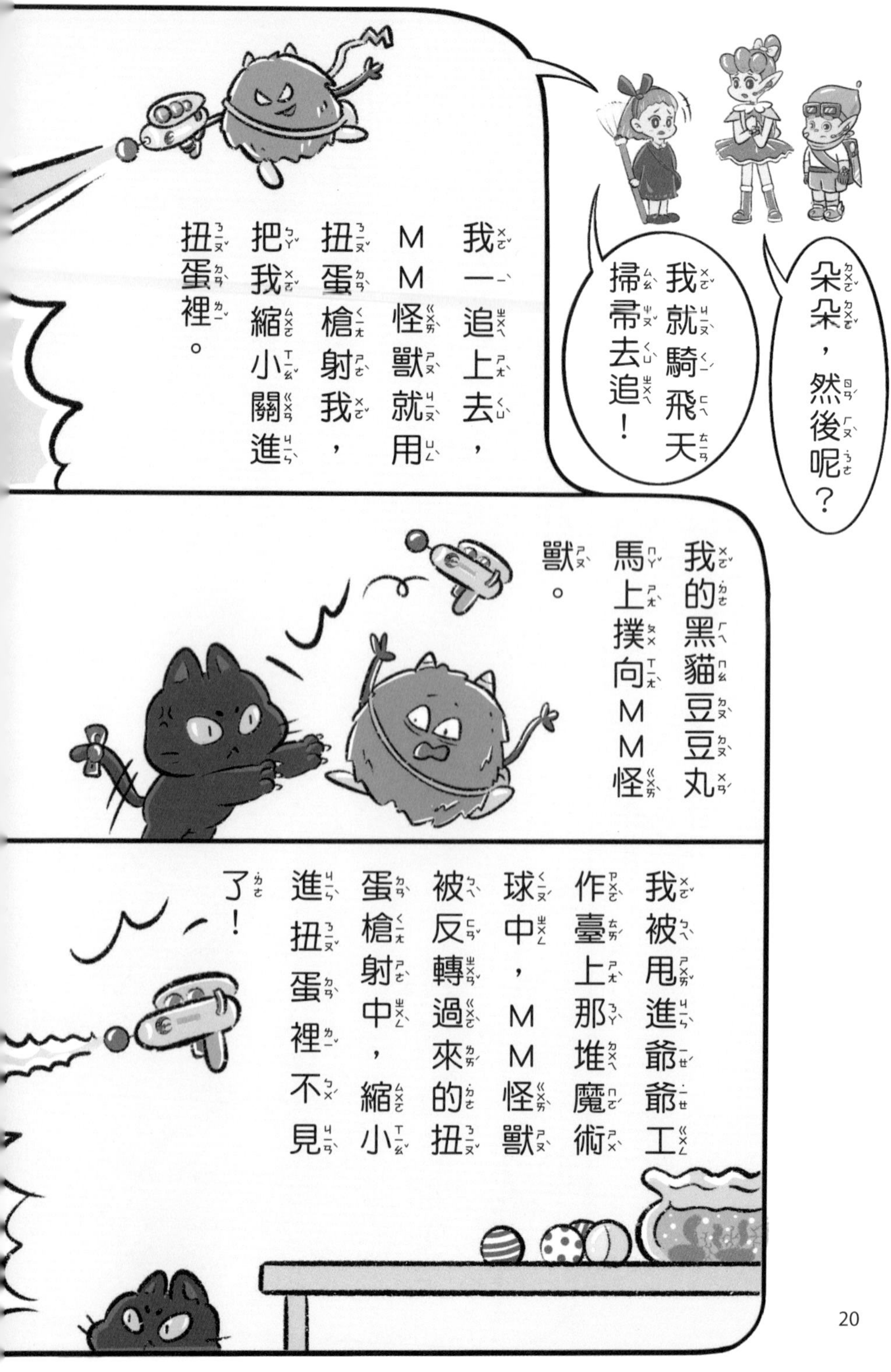
朵朵，然後呢？
我就騎飛天掃帚去追！
我一追上去，ＭＭ怪獸就用扭蛋槍射我，把我縮小關進扭蛋裡。
我的黑貓豆豆丸馬上撲向ＭＭ怪獸。
我被甩進爺爺工作臺上那堆魔術球中，ＭＭ怪獸被反轉過來的扭蛋槍射中，縮小進扭蛋裡不見了！

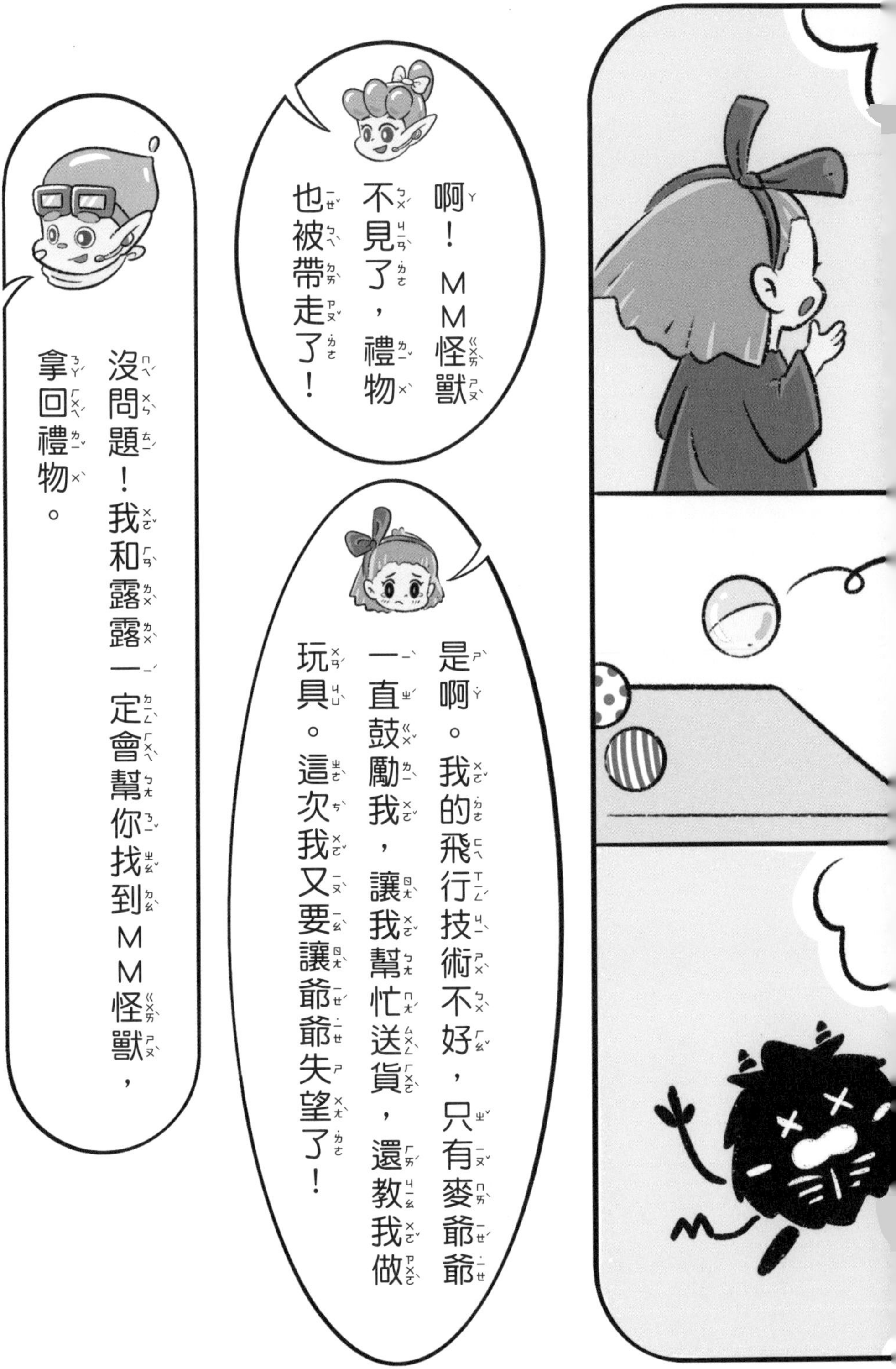
啊！MM怪獸不見了，禮物也被帶走了！
是啊。我的飛行技術不好，只有麥爺爺一直鼓勵我，讓我幫忙送貨，還教我做玩具。這次我又要讓爺爺失望了！
沒問題！我和露露一定會幫你找到MM怪獸，拿回禮物。

露露按下手錶的綠泡泡。
請跟我一起唸實現願望的三大密語：
1. 改變想法
2. 真心相信
3. 馬上行動

露露用泡泡戒指發射一顆彩虹時光泡泡後，周圍出現閃耀的金光。
時間暫停了
因為是緊急任務，時光泡泡只能暫停一小時，我們必須馬上行動！尋找MM怪獸。
沒問題！我們快走吧！

2. 尋找MM怪獸

你知道MM怪獸在哪裡嗎？
嘻嘻！不知道！
波波，你要練習用願望能量球中的資料庫，才能縮短任務時間。
沒問題！

波波按下智慧錶上的紫泡泡，輸入「MM怪獸」，手錶立刻顯示：

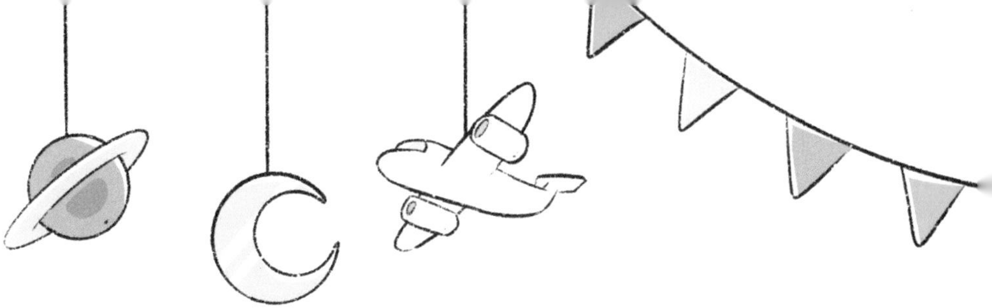

搜尋目標：MM怪獸

可能地點：麥爺爺的玩具屋

相關線索：乘風破浪，尋找寶藏

重要提醒：泡泡機車，帶你遠離危險

危險指數：8

難度很高，請務必小心！

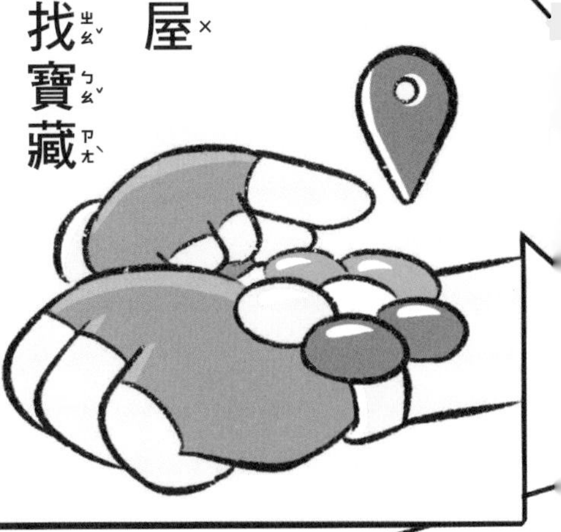

天啊！這玩具屋像迷宮，MM怪獸還被縮小了，我們要從哪裡開始找啊？

沒問題！找怪獸前，先喝點彩虹可樂補充體力吧！你們要喝嗎？
哼，不用了！你只是……咦！你們快看那邊！

露露看著波波咕嚕嚕喝一大口。從可樂瓶口飄出好多彩虹泡泡，她看到一顆顆彩虹泡泡飄到一艘用冰棒棍做成的海盜船上。讓她想起資料庫提供

的線索：「**乘風破浪，尋找寶藏**」。

露露警覺，MM怪獸有可能在那邊，她對波波說：「快點啟動泡泡眼鏡！海盜船上好像有什麼東西？」

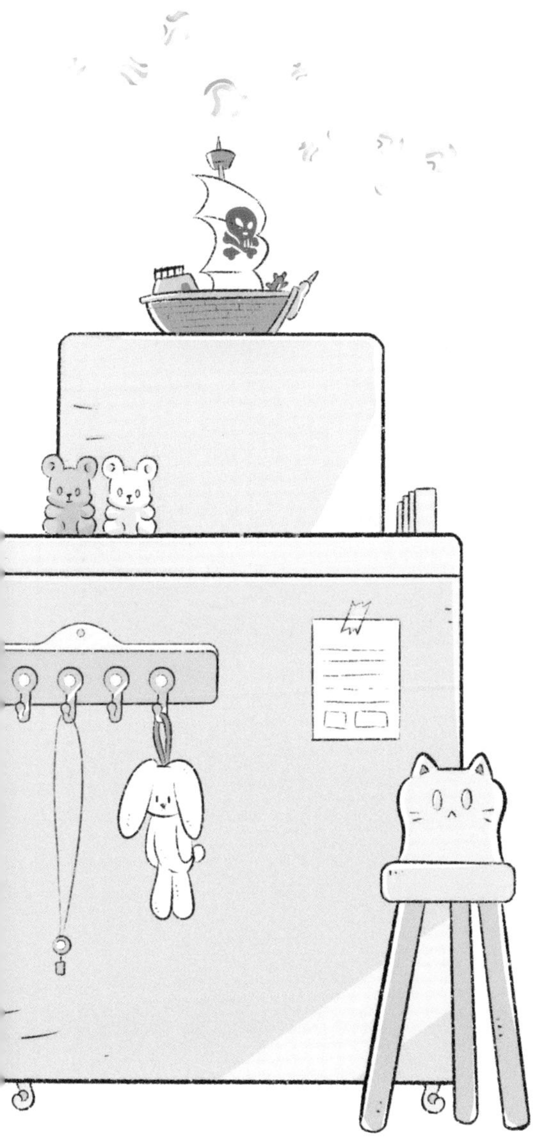

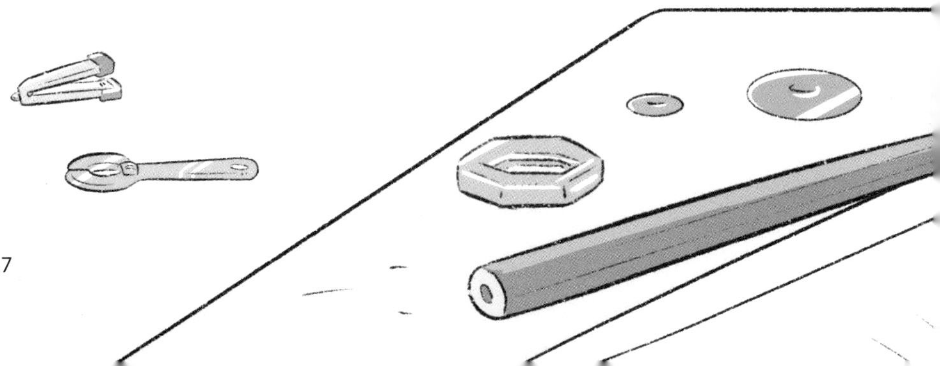

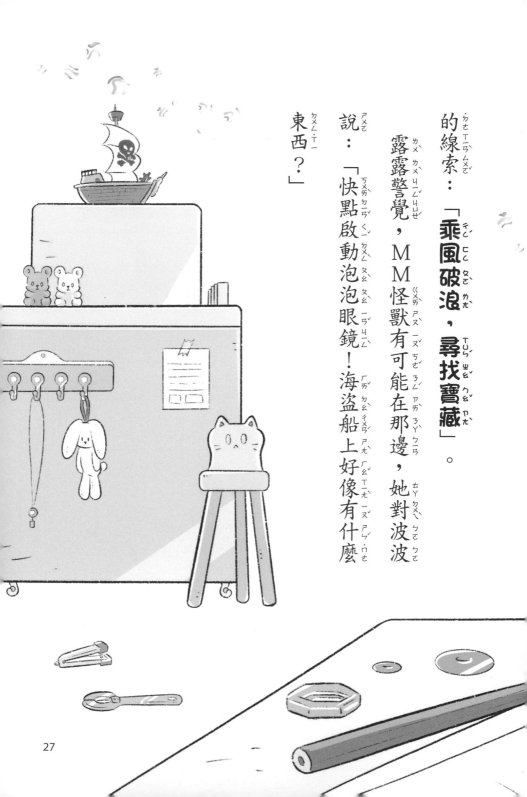

波波調整有千里眼功能的泡泡眼鏡，對準海盜船一看——

船帆上有骷髏頭，還有海盜。啊！還有一隻尾巴上有MM標誌的怪獸——
那一定是MM怪獸！我們快去捉牠，拿回神祕禮物！

朵朵大叫之後就要往前衝，她忘了自己已經被縮小，差點從工作臺上掉下去，還好露露馬上拉住她。

波波按下手錶上的黃泡泡，大喊：「泡泡機車！」一顆黃泡泡飛出來，立刻變形成一臺酷炫的泡泡機車。露露、波波和朵朵都戴上安全帽，坐上機車，波波大喊：

波波帥氣的騎著泡泡機車，沿著工作臺的桌腳往下騎，當他們靠近海盜船的櫃子時，突然有一團黑色的東西，快速撲過來！波波大叫一聲，趕快把車子騎進櫃子底下。

一隻有尖銳爪子的黑手掌，伸進櫃子下亂抓。嚇得露露他們拚命往後退。
波波抬頭一看，櫃子外面有一雙發亮的黃色大眼睛，正緊緊盯著他們！
他們跳下車，脫掉安全帽，嚇得緊緊抱在一起。
天啊！那是什麼怪物，快走開！

黑色怪物竟然守在櫃子前面，不走了！
時間不多了！我們得快點想辦法逃出去才行。
喵嗚！
朵朵聽到聲音，探頭看了一眼。
啊！那是我的黑貓豆豆丸。牠只要看到會動的東西，就會拚命追。
那你快出去叫牠走開啊！
豆豆丸，快走開！

豆豆丸大聲的喵嗚！牠對著朵朵揮舞尖銳的爪子，把她的手帕劃破了！露露和波波趕快把朵朵往後拉。

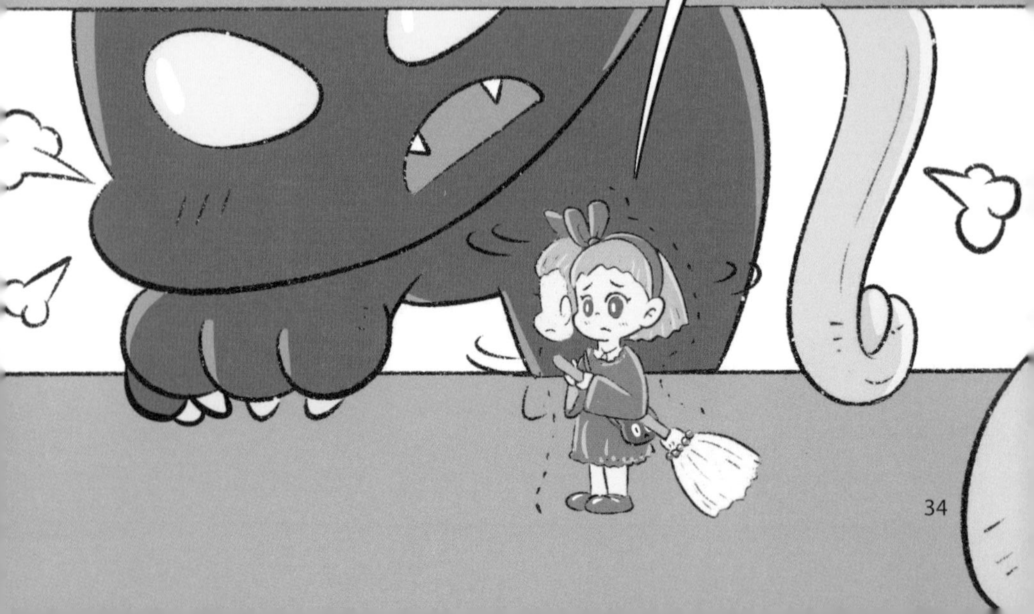
豆豆丸現在一定把我當成會動的小老鼠，怎麼辦？

這時，波波從裝滿怪東西的背包中拿出一顆發出叮鈴鈴聲響的泡泡球——

這顆球是我拿來練習踢泡泡足球的。如果把它丟出去，愛玩的貓咪就會去追球了。
那我們就能爬上櫃子了。你的點子真棒！我以為你背包裡都裝些亂七八糟的東西，想不到還能派上用場。
哈！我也沒想到。我們分頭行動吧！

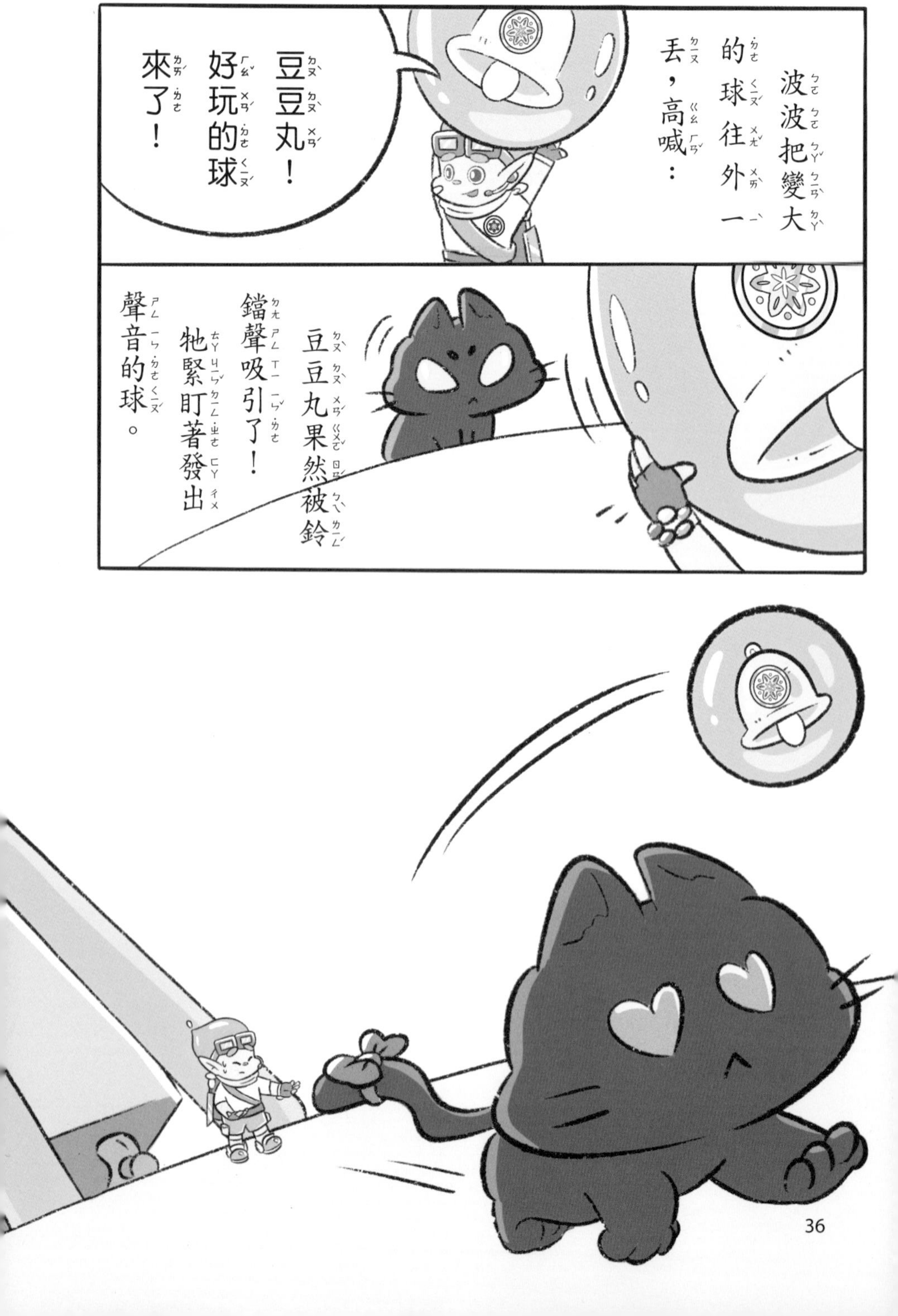
波波把變大的球往外一丟，高喊：
豆豆丸！好玩的球來了！
豆豆丸果然被鈴鐺聲吸引了！牠緊盯著發出聲音的球。

波波把球往外一丟！喵嗚！豆豆丸立刻跑去追球了！露露趕快把泡泡繩的吸盤往上丟，吸住最上面的木箱。

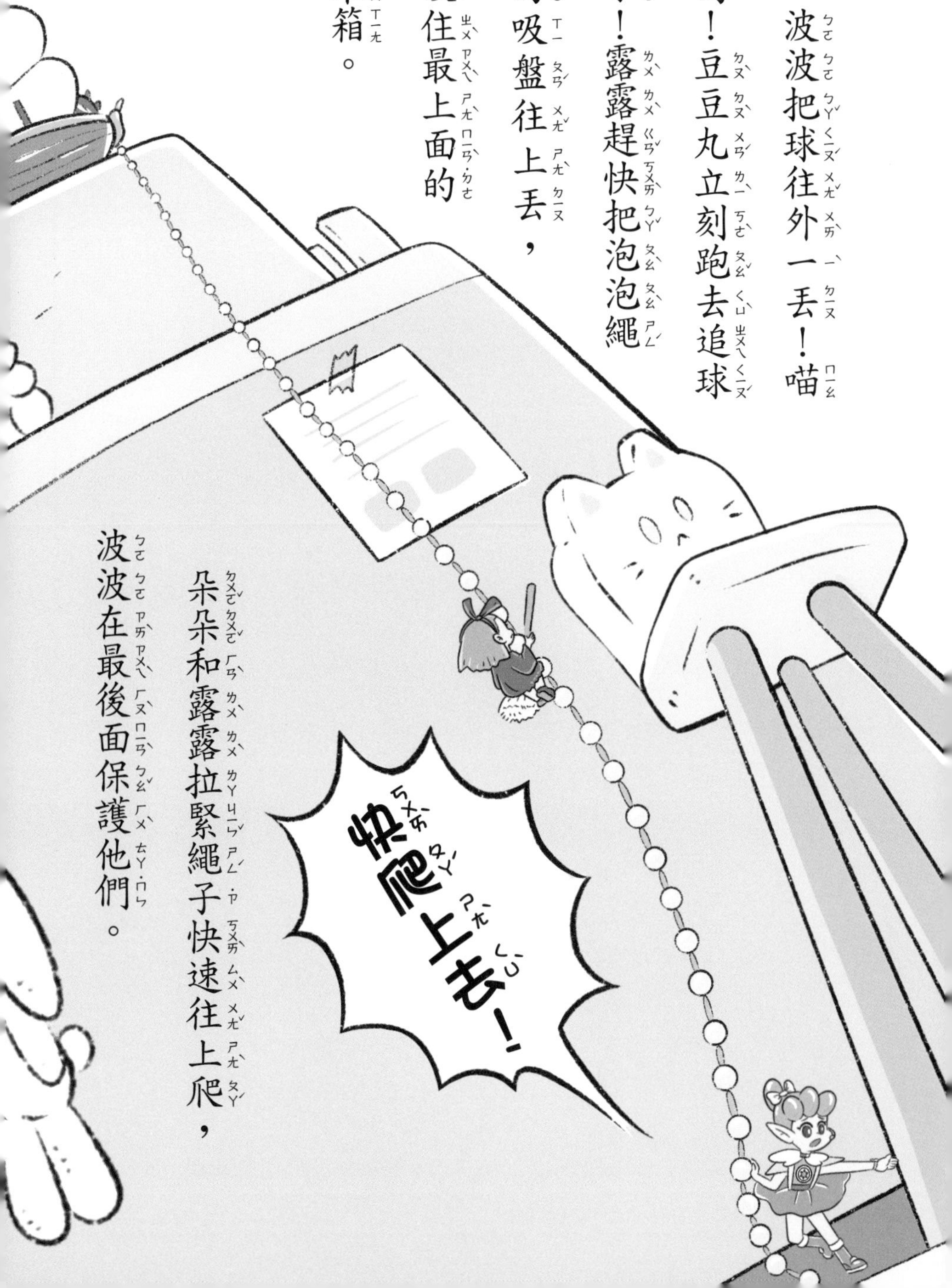

朵朵和露露拉緊繩子快速往上爬，波波在最後面保護他們。

豆豆丸轉身看到三個移動的小人兒，立刻飛奔過去。
!

喵嗚！喵嗚！
喵嗚！

就在豆豆丸大大的貓掌要揮過來時，他們安全爬到放海盜船的木箱上了！

3. 玩具迷宮大冒險

露露、波波和朵朵跑到海盜船旁邊，他們發現MM怪獸正一邊轉著海盜船上的舵；一邊把眼睛貼近船上的望遠鏡，似乎在找什麼東西。

波波馬上跑到MM怪獸旁，興奮的說：

終於找到你了。可以讓我玩一下嗎？我一直想當海盜船長。

本來專心看望遠鏡的MM怪獸被他們嚇一大跳，牠馬上捉緊裝滿扭蛋的背包跳下海盜船，往前快跑！朵朵馬上追上去！

波波，別玩船舵了！快一點過來幫忙捉怪獸！
沒問題！

波波被地上的繩子絆倒，不小心放下風帆。風帆快轉三圈後，竟然飛起來了！他開心的放下繩子說：

露露和朵朵拉住繩子，往上爬！MM怪獸嚇得往箱子下跳，撞倒一排骨牌，又再往下跳，就消失不見了。

哇！海盜船變成海盜飛船了！快上來，我們一起去追MM怪獸！

波波把海盜飛船停在骨牌倒下的櫃子上，他們三個下船探頭往下看，只看到櫃子下有一間亮著燈的雜貨店娃娃屋。

露露把泡泡繩一甩，吸住招牌。波波第一個拉住繩子，往下攀爬。

MM怪獸不見了！
不要緊張！牠一定躲起來了！我們下去找一找！

波波一降落到雜貨店前，立刻興奮的拿起大力士饅頭和神奇變身糖，開心的說：「只要吃了這兩樣，我就能變身成力大無窮的大野狼，捉住MM怪獸！」

波波張大嘴要咬下去時，朵朵馬上阻止他：「這些零食都是爺爺用彩色黏土做的，不能吃啦！」

這時候，露露聽到雜貨店裡面傳來東西掉落的聲音，他們衝進雜貨店，正好看到MM怪獸要從小窗戶爬出去。

別想逃！
快捉住牠！
沒問題！讓我來試試最新的噴嚏胡椒彈！

泡泡擊中MM怪獸的臉破掉，噴出大量的胡椒粉，讓牠不停的打噴嚏。
哈啾
沒想到，他們還來不及捉住MM怪獸，牠就被自己的超大噴嚏彈出去了！

他們趕快衝到窗戶邊往下看，只看到下方有一片綠樹叢。

朵朵把頭伸出窗外看了又看——

我明明看到MM怪獸被彈出去了，為什麼會不見呢？
別擔心！下去看看，一定能找到牠。
露露拋下泡泡繩，他們沿繩子垂降到樹叢底下。

原來，綠樹叢是一棵大樹。他們看了又看，都沒看到MM怪獸的蹤影。朵朵擔心時間不夠。
24hr

別擔心！雖然MM怪獸躲起來，露露可以用「變聲蝴蝶結」製造敲鑼打鼓的音效，吸引牠出來啊！
哎呀！我差點忘了這個好用的裝備，還可以假裝怪獸的聲音。
快來拿免費的扭蛋！裡面裝了好吃又好玩的玩具。有魔術口香糖、歪七扭八蛇、伸縮大嘴魚！只有怪獸才免費喔！
咦？樹下有一處草皮在移動……

波波快速衝去掀開草皮，MM怪獸的頭從地洞中露出來，牠伸出雙手，大喊：

MM怪獸嚇得馬上鑽回地洞。

波波立刻捉住MM怪獸的尾巴，要把牠從洞裡拉出來。但是，MM怪獸的力量超級大，波波反而被拉進地洞了！

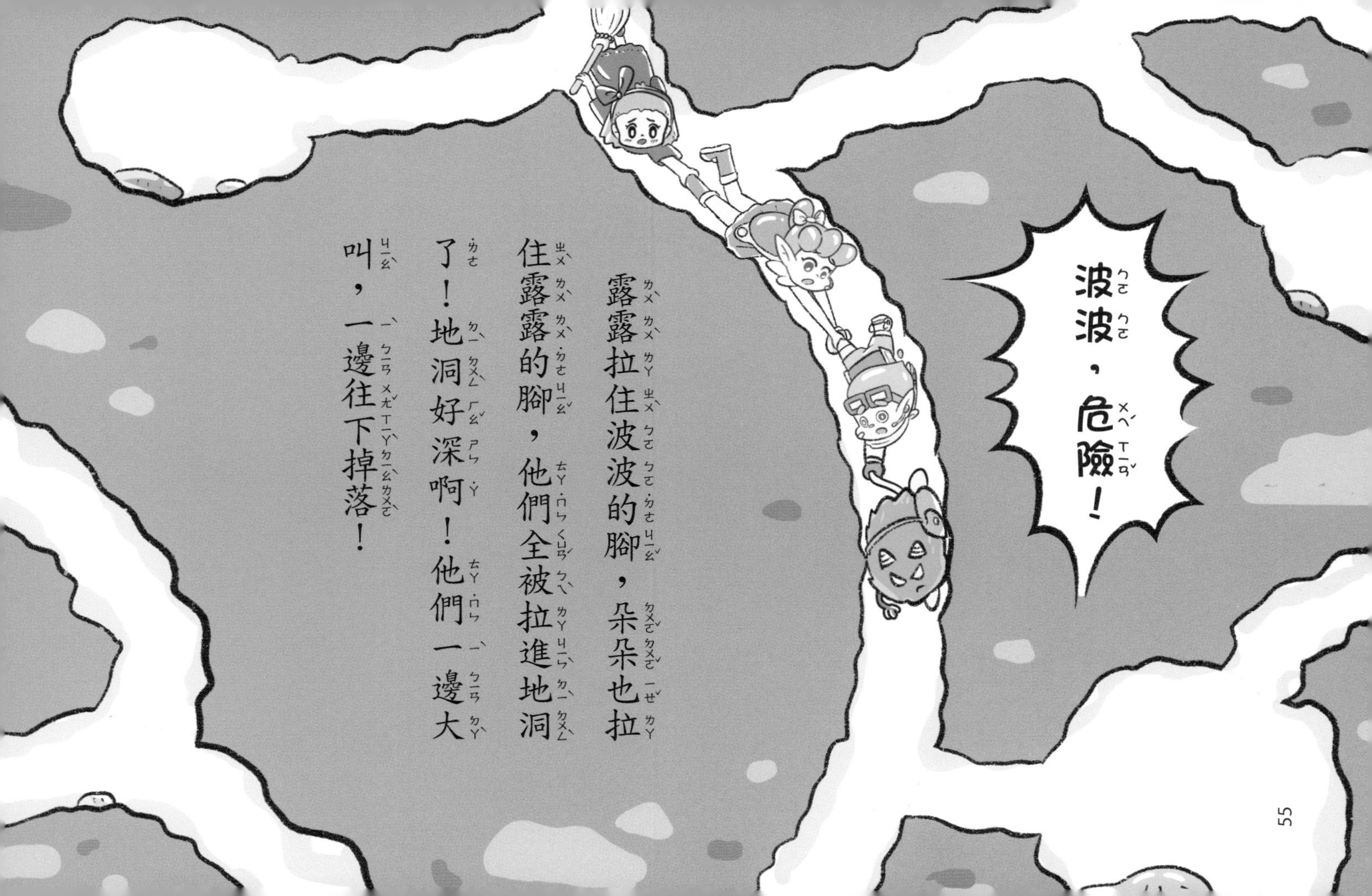

露露拉住波波的腳，朵朵也拉住露露的腳，他們全被拉進地洞了！地洞好深啊！他們一邊大叫，一邊往下掉落！

咚一聲！他們全掉到地板上了！

MM怪獸馬上站起來，轉身就跑！

波波站起來要去追MM怪獸時，他看到一張桌子上擺了飲料和蛋糕，好奇的跑過去。

「這是「愛麗絲夢遊奇境」娃娃屋的縮小藥水和長大糕。這些是黏土不能吃！」

這時，露露提醒波波和朵朵留意四周的矮樹叢，看看ＭＭ怪獸是否躲在裡面。可是，波波抬頭卻看到……

……一隻站在灰牆前面，穿著水藍外套的白兔偶！波波正要上前玩牠的懷錶時，大喊：「這裡有一道門，我們快點進去看看！」

露露先進去，朵朵和波波緊跟在後面。房間黑漆漆的，露露才要打開泡泡燈時，就看見兩顆邪惡的大眼睛盯著他們！

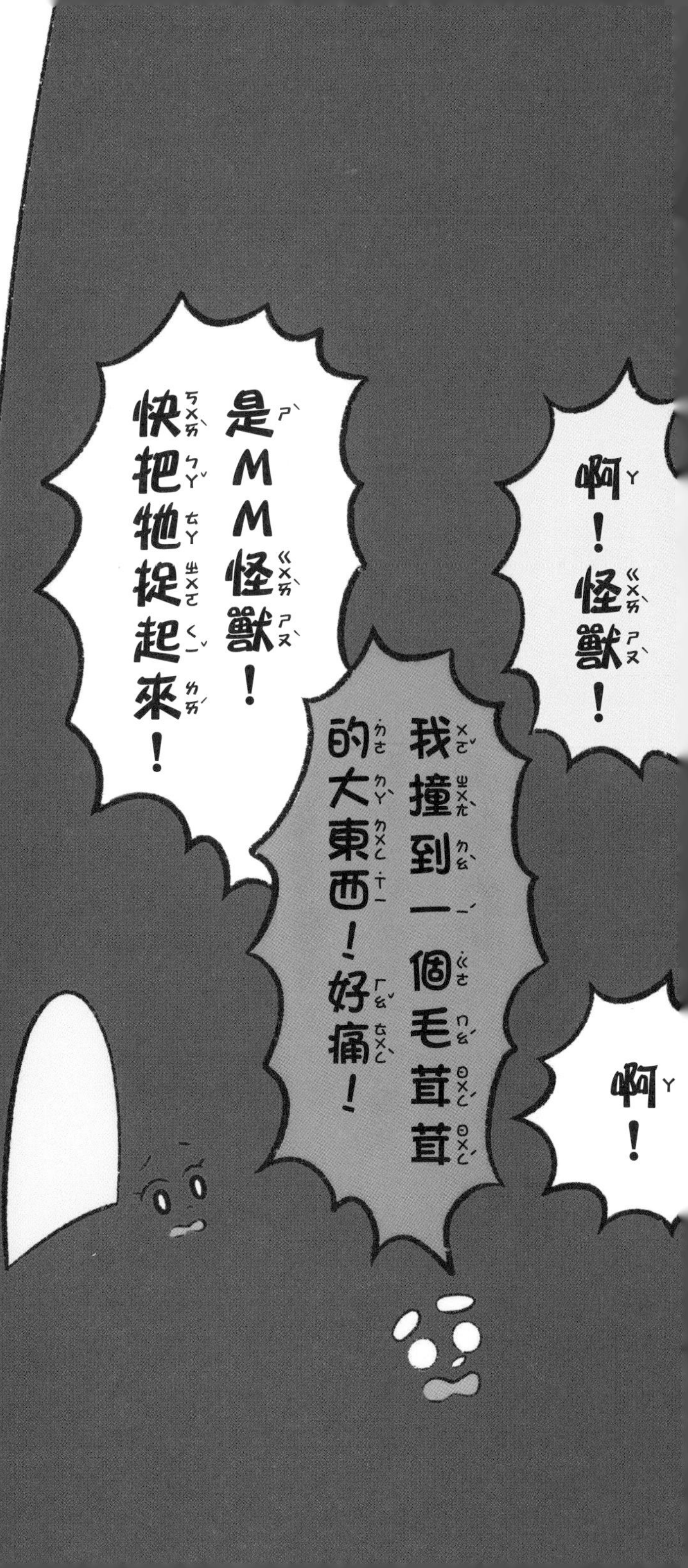
啊！怪獸！
啊！
我撞到一個毛茸茸的大東西！好痛！
是MM怪獸！快把牠捉起來！

MM怪獸馬上往另一道有光線的門衝過去！他們也緊跟著追出去。門一打開，出現一道往下的螺旋梯。

他們沿著螺旋梯往下跑，看到心形玫瑰花園。
MM怪獸一定躲在花園裡，快仔細找找！
為什麼她要抱著一隻紅鶴呢？
紅心皇后要愛麗絲把紅鶴當球棍，刺蝟當球，跟她進行槌球比賽。

當露露急著要找MM怪獸時，波波只是顧著聽朵朵說話，聽完後立刻把紅鶴的脖子往下一拉。沒想到他竟然啟動機關，紅鶴的長腳用力一踢，踢中縮成一團的刺蝟球。

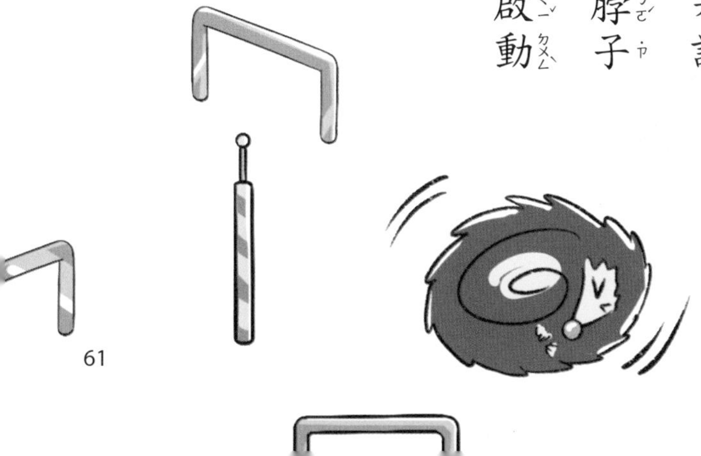

刺蝟球往前快滾，通過三個小門，撞到小柱子。

這時候，心型的玫瑰花叢開始隨著歡樂音樂跳起波浪舞，空中傳來一個聲音：

恭喜你，槌球比賽獲勝！「愛麗絲夢遊奇境」，歡迎你下次再來玩！

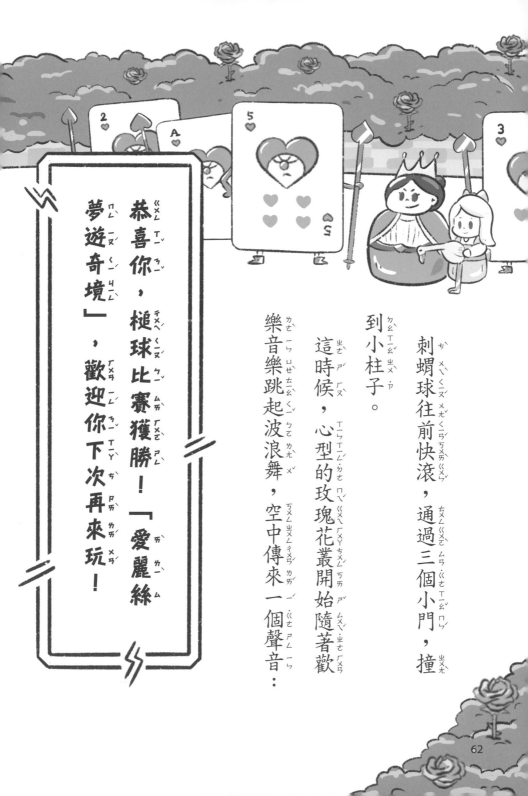

快追啊！
耶！我們獲勝了！
你們看，MM怪獸躲在玫瑰花叢裡！
啊！被發現了，快跑！

4. 神奇扭蛋槍

這時候，玩具店門口的鈴鐺響起來，有人開門進來了！

露露看著手錶，緊張的說：

「麥爺爺來了，表示暫停一小時的彩虹時光泡泡消失了！我們剩下的時間不多了，必須快點找到MM怪獸才行！」

他們看到麥爺爺走到工作臺前，拿起一顆球。
哎呀！我真是老糊塗了！竟然忘了拿要變魔術給拉拉看的球了！
麥爺爺把球放進袋子裡時，有一顆掉到工作臺底下了。他蹲下去撿球時，發現桌底下有一把奇怪的槍。他撿起來——
?

咦？這不是我做的玩具槍。肯定是哪個小朋友忘了帶回去。

好奇的麥爺爺對著迷你彈珠臺，壓下黑色按鈕，啪滋一聲！彈珠臺立刻縮小，自動裝進一顆扭蛋中！
哇！這把玩具槍設計太巧妙了！
麥爺爺開心的拿著槍，對著扭蛋壓下紅色按鈕。扭蛋殼立刻消失，彈珠臺變回原來大小。

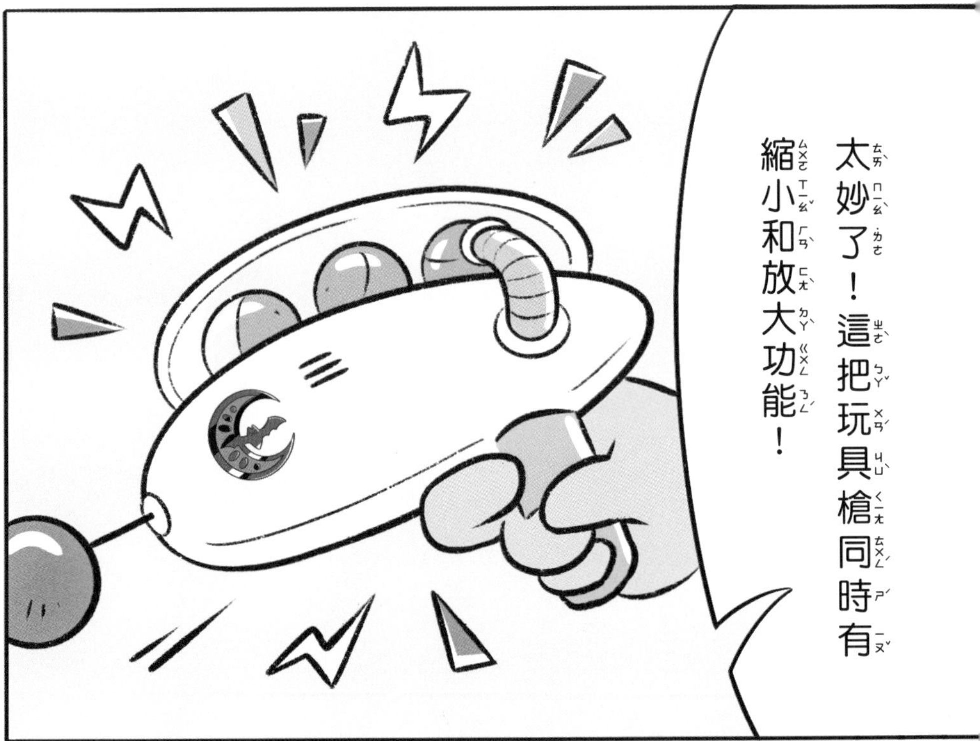
太妙了！這把玩具槍同時有縮小和放大功能！

我一定要拆開來，好好研究一下，再做出有更多功能的神奇扭蛋槍，孩子一定會玩得更開心。

麥爺爺把扭蛋槍放在工作臺上，準備拆開時，他口袋中的手機響起鬧鈴聲，並發出提示聲音說：

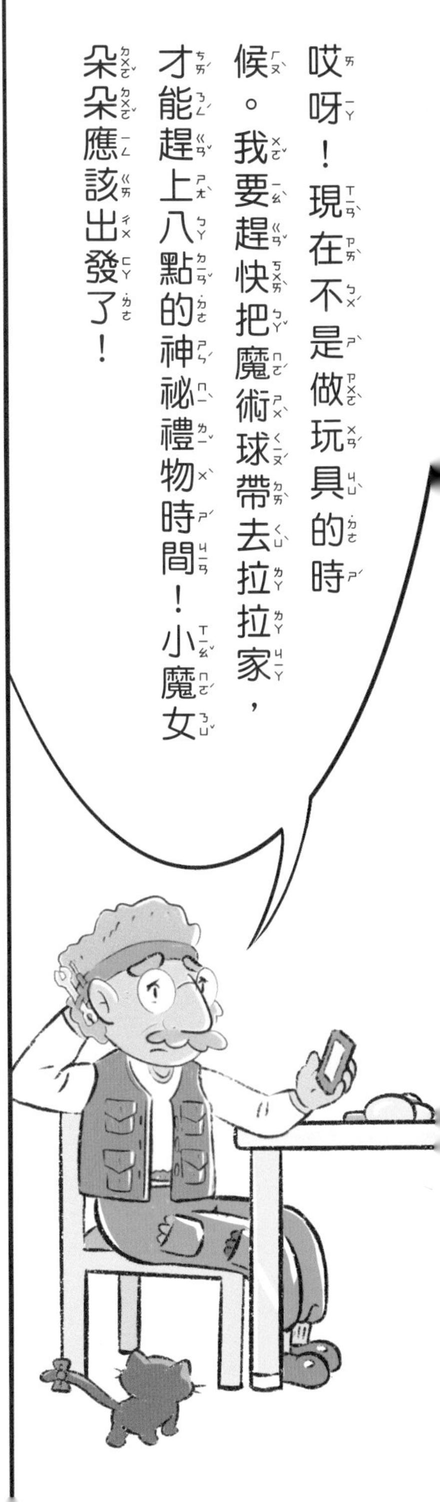
哎呀！現在不是做玩具的時候。我要趕快把魔術球帶去拉拉家，才能趕上八點的神祕禮物時間！小魔女朵朵應該出發了！

麥爺爺把玩具槍放到他收藏珍貴玩具的玻璃櫃中，鎖起來。

這時候，豆豆丸用圓圓臉摩著麥爺爺的腳，撒嬌的喵嗚！喵嗚！

麥爺爺給豆豆丸牠最愛的貓餅乾和會跳動的跳跳魚玩具，再把玻璃櫃鑰匙掛在牠脖子上，摸摸牠的頭說：「你要好好保管鑰匙，等我回來做更厲害的玩具槍喔！」

麥爺爺推開門，門上的鈴鐺，叮鈴鈴響起，他終於離開玩具屋了。

朵朵你看到了嗎？只要按下扭蛋槍的放大按鈕，你就能變回原來的大小了！
太好了！我們快去拿扭蛋槍吧！
我們要先想辦法拿到豆豆丸脖子上的鑰匙，才能打開玻璃櫃。

我看看魔法筆記，我可以騎著飛天掃帚到豆豆丸面前，再用催眠咒語催眠牠，就能拿到鑰匙了！
太好了！你快去吧！
朵朵騎上飛天掃帚，邊看筆記邊唸飛行咒語。但是，容易緊張的她老是唸錯咒語。
跳舞掃帚
毛筆掃帚
糖葫蘆掃帚

哇！朵朵的咒語太厲害了！來吃一串糖葫蘆！
朵朵不要緊張，看清楚筆記本上的咒語，慢慢唸出讓掃帚飛行的咒語就行了！

練習好幾次之後，朵朵終於能讓飛天掃帚乖乖聽她的命令，慢慢飛到豆豆丸的前面。

她對著豆豆丸說：「豆豆丸，只要聽到催眠咒語，你就會立刻打呼睡著！」

但是，朵朵太緊張，催眠咒語少唸一個字。豆豆丸不但沒睡著，反而興奮的揮舞著雙掌，跳起來，要捉住會飛的東西！

朵朵嚇得快速飛離豆豆丸，飛天掃帚往後傾倒，她快從掃帚上掉下去了！她嚇得大聲尖叫！

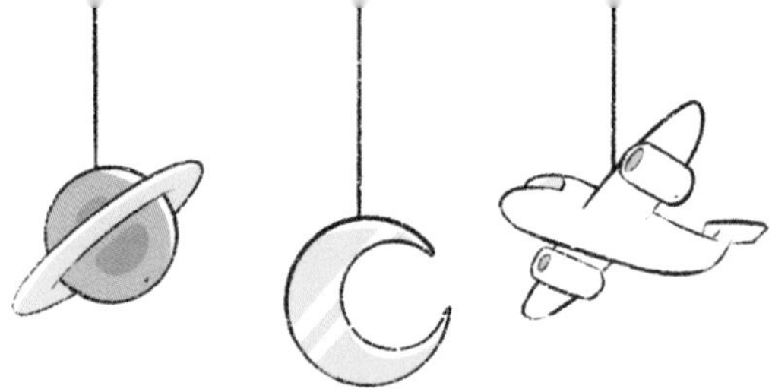

波波對朵朵揮揮手，說：「沒問題，你快爬起來，再試一次！」

「你一定可以做到！」露露對著朵朵大喊。

朵朵深呼吸，告訴自己：「我一定可以做到！」

她重新騎著飛天掃帚，慢慢靠近豆豆丸，大喊：

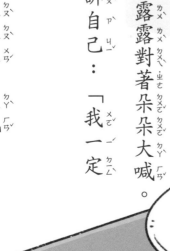

豆豆丸，只要聽到催眠咒語，
你就會立刻打呼睡著！

斯斯利普拉多！
斯斯利普拉多！

本來上一秒還在玩跳跳魚的豆豆丸，
下一秒就趴在地上呼呼大睡了！

朵朵鬆了一口氣，她用剪刀剪斷繩子，抓著鑰匙，飛回櫃子上。

朵朵，你做到了！
鑰匙好大，我們這麼小，要怎麼去開玻璃櫃呢？
泡泡變身器，變身放大！

哇！你們變大了！
快上來吧！
朵朵走進露露的大手掌，露露把她放在肩膀上。

露露和波波就像兩個大巨人，慢慢走向玻璃櫃。
露露用鑰匙把玻璃櫃打開，伸手要拿扭蛋槍時，朵朵突然抱著頭，大喊：
小心！

朵朵，怎麼了？

我第一次來玩具店，看見玻璃櫃裡有一個好美的音樂盒，上面有穿著芭蕾舞衣的陶瓷娃娃，我偷偷拿下來玩，卻把音樂盒摔壞了！我嚇得大哭。

雖然爺爺說：「沒關係！沒關係！」。

但是，我看著他撿起破碎的娃娃和音樂盒中

的照片，掉下淚來。我知道那一定是他最珍貴的寶物，我讓爺爺傷心了。我老是笨手笨腳，在魔女學校也常常唸錯咒語，也不能好好控制飛天掃帚。這次我又把禮物搞丟了，我好討厭我自己！

別哭啦！這也沒什麼，我也常出錯。泡泡精靈的國王都會對我說：「這次出錯的地方，下次多注意就好了！」
麥爺爺把重要任務交給你，表示他很信任你。要不要再試試看？我和波波都會幫你喔！

朵朵想起每一次她送貨失敗或考試沒通過，麥爺爺都會笑咪咪的對她說：「沒關係！沒關係！犯錯很好，失敗很好，你下次就知道如何改進了。這次不行，下次再挑戰，我相信朵朵可以做任何事喔！」

為了信任她的爺爺，朵朵告訴自己，這次她一定要完成任務！

朵朵深呼吸，正要請露露拿出扭蛋槍，把她變大時……就聽到啪一聲！她立刻大叫：
啊！扭蛋槍要被搶走了！

露露和波波轉過頭來，看到玻璃櫃上靠著一條巨大的豆藤。小小的ＭＭ怪獸趴在豆藤上，牠正用細豆藤綁住扭蛋槍。

波波，快去拿扭蛋槍！
沒問題！
波波要拿扭蛋槍時，MM怪獸馬上把豆藤往後一拉，扭蛋槍連同豆藤一起被甩回對面的櫃子上。

5. MM怪獸的秘密任務

因為事情發生的太快了，露露和波波還沒搞清楚，朵朵就急著騎上飛天掃帚，快速飛到櫃子上……

她停在屋頂長出魔豆樹的娃娃屋前面。

露露和波波馬上快跑到朵朵旁邊，他們看見MM怪獸正在解開扭蛋槍上的豆藤。朵朵則拉住MM怪獸的袋子大喊：

不，別——別——搶走我的玩具。我要把玩具送給沒有爸媽的小怪獸們。

啊？原來你蒐集的玩具扭蛋是要送給小怪獸們的禮物！
那你為什麼會到麥爺爺的玩具屋呢？

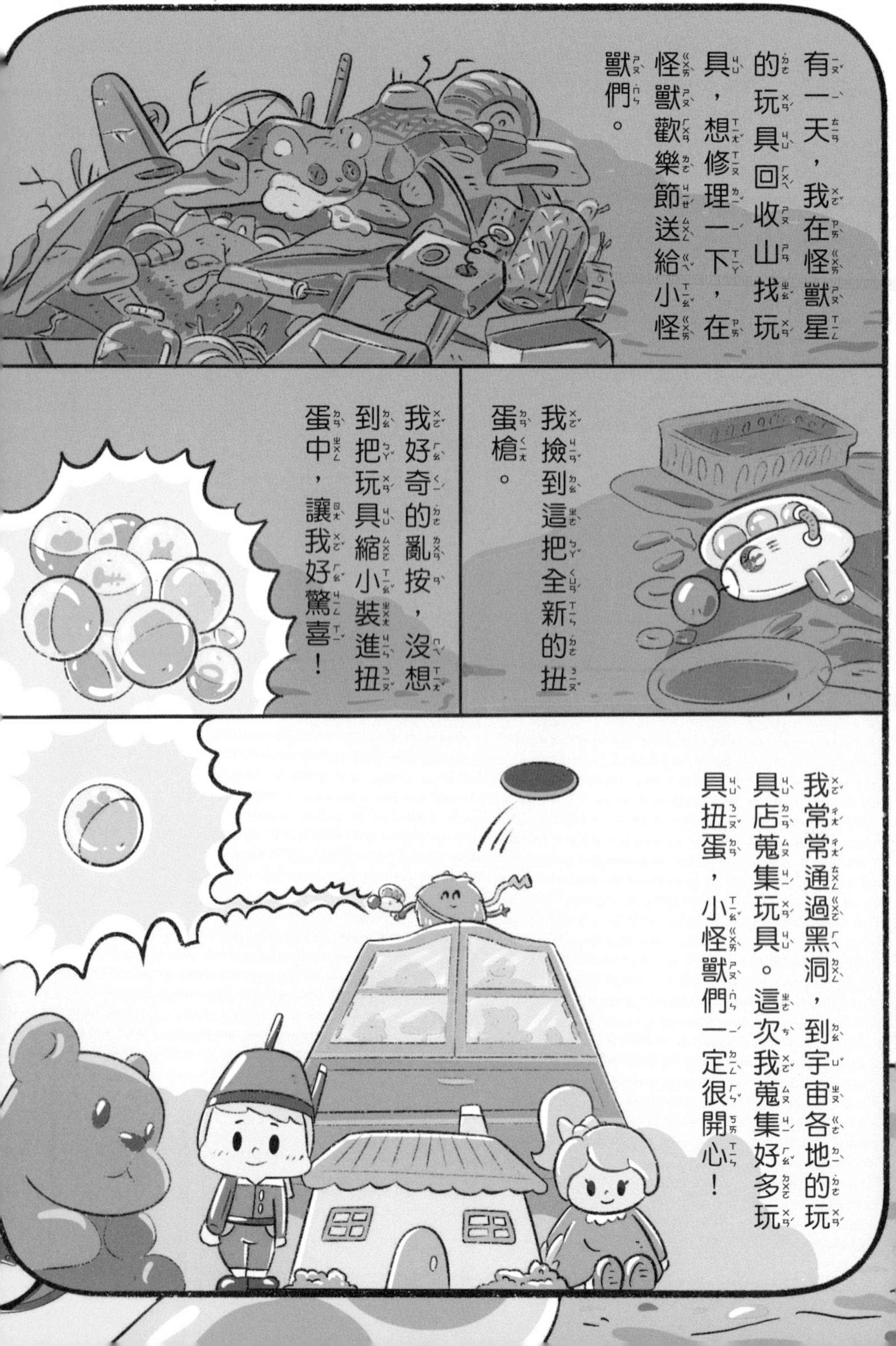
有一天，我在怪獸星的玩具回收山找玩具，想修理一下，在怪獸歡樂節送給小怪獸們。
我撿到這把全新的扭蛋槍。
我好奇的亂按，沒想到把玩具縮小裝進扭蛋中，讓我好驚喜！
我常常通過黑洞，到宇宙各地的玩具店蒐集玩具。這次我蒐集好多玩具扭蛋，小怪獸們一定很開心！

原來如此！請把金色扭蛋還給我，那是麥爺爺要送他小孫女的禮物。其他的扭蛋你帶回去送給小怪獸們吧！
謝謝你！

麥爺爺一定會發現很多玩具都不見了，怎麼辦？
沒關係！爺爺常常請我把玩具送給育幼院的小孩。如果他知道親手做的玩具送到ＭＭ怪獸星，他一定會很開心！
太好了！

黑洞快要關閉了！我聽那位爺爺說只要按下紅色按鈕就能變回原來的大小，請幫幫我！小怪獸們都在等我啊！
準備好，我要按放大按鈕了！

露露按下紅色按鈕，啪滋一聲！朵朵和MM怪獸馬上變回原來的大小；金色扭蛋也變回神祕禮物！

「呼！終於拿回神祕禮物了！」朵朵鬆了一口氣。

MM怪獸背著一大袋扭蛋，對他們揮揮手說：「謝謝你們，歡迎你們來MM怪獸星玩！」

「沒問題！」波波馬上倒立，開心的說：「下次我們一定去玩扭蛋！」

MM怪獸一跳進黑洞，黑洞馬上消失了！

6. 神祕禮物

露露拿起扭蛋槍要放進玻璃櫃中，她突然看到槍上有一個熟悉的黑色蝙蝠圖案。

她馬上轉頭看看四周說：「這應該是黑泡泡精靈呼拉拉

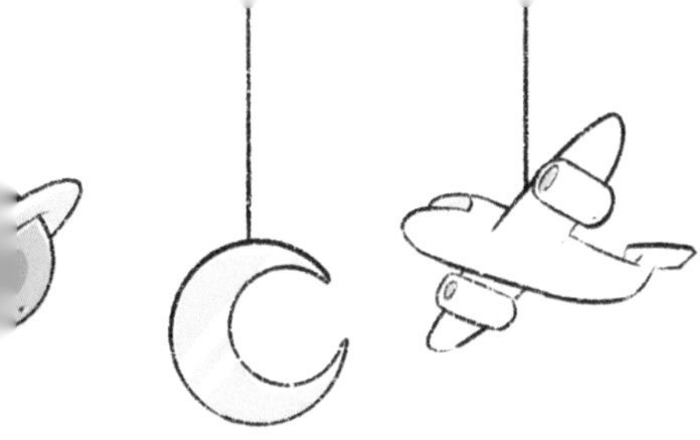

掉在MM怪獸星的新型扭蛋槍，上面有他留下的特殊記號。難道他和呼魯魯又躲在隱形泡泡中，要破壞我們的任務嗎？」

但是，她和波波仔細查看玩具店的各個角落，都沒有看到他們的蹤影。

如果你想知道黑泡泡精靈呼拉拉是誰，請看第一集《尋找魔力星星果》。

啊！還有十五分鐘就八點了，我必須快點把神祕禮物送過去！
我們可以一起去嗎？我一直好想坐小魔女的飛天掃帚，一定很刺激！
我也好想看看神祕禮物到底是什麼喔！

不過，我不確定飛天掃帚是不是可以載得動我們三個？
泡泡變身器！變身縮小！

哇！你們也可以縮小！這樣就沒問題了！
喵嗚！豆豆丸竟然也也跳上來，把飛天掃帚都壓彎了！
一起去吧！不過，你以後不能再吃那麼多，不然我可載不動你。

朵朵讓飛天掃帚起飛，快速飛往燈火通明的城市。

他們快速飛到城市花園大樓的第九十九樓九號的窗口外面等候。

為了不要嚇到爺爺，我和波波會用泡泡變身器隱形，躲在你的蝴蝶結上！
好！
朵朵點點頭，就把露露和波波放在她的蝴蝶結上。

八點整，朵朵準時飛近窗口。
哇！小魔女送禮物來了！
拉拉，這是爺爺送給你的神祕禮物喔！
快拆開來看！
哇！是我最想要的飛天書包！謝謝爺爺！謝謝小魔女！

明天就要上小學的拉拉抱著爺爺，開心的又叫又跳。書包裡放滿爺爺發明的奇特文具，自動感應鉛筆盒、錯字橡皮擦、隨意變形尺，還有能剪出各種圖案的剪刀呢！

朵朵，謝謝你！
我就相信你能做到！一起
進來看麥爺爺變魔術吧！
好啊！
謝謝爺爺！

這時候，隱形的波波用彈跳鞋，跳到朵朵的耳朵上……

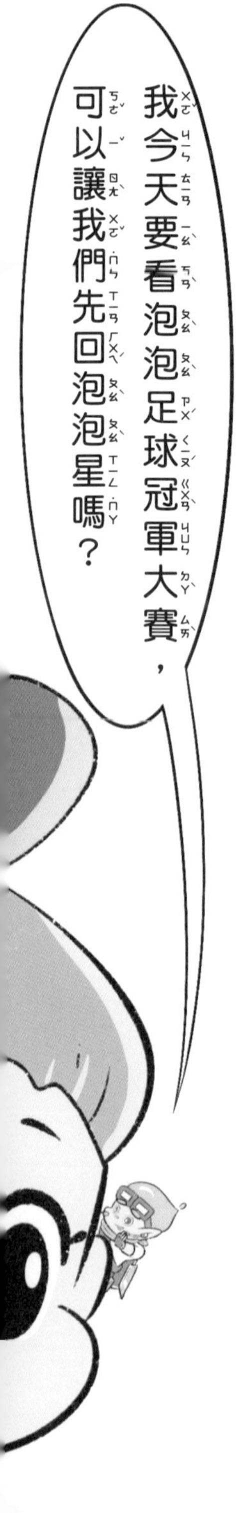
我今天要看泡泡足球冠軍大賽，
可以讓我們先回泡泡星嗎？

我們必須快點回去完成任務報告。請帶我們到安全的地方，我才能啟動泡泡飛船。

朵朵點點頭。她告訴麥爺爺還有一件貨物要送，送完之後就回來看他變魔術。

朵朵載著他們飛上頂樓，
露露和波波解除隱形後，露露馬上按下黃泡泡，飄出泡泡飛船。
謝謝波波和露露幫我實現願望，讓我順利完成任務，看到爺爺開心的笑臉，我好高興喔！也謝謝你們讓我相信，我可以做好任何事！

太好了！小魔女，繼續加油！豆豆丸也要少吃一點喔！
來！用泡泡相機拍一張紀念照。我下次來還要再坐飛天掃帚唷！
沒問題！

7. 泡泡足球冠軍大賽

露露和波波搭著泡泡飛船回到泡泡星。

「快點！快點！」波波拉著露露快速衝到泡泡任務機前面，將泡泡智慧錶的紀錄輸入願望能量球中。球裡的能量指數，馬上又多了八百了。

任務機發出聲音：

任務完成度：100%
任務難度：8 很高
許願者滿意度：100%
扣除泡泡彩虹圈：
降落失敗，波波扣10個、
露露扣10個
獲得泡泡彩虹圈：
露露500個、波波500個
泡泡彩虹圈累計：
露露1090個，波波600個
哇！完成緊急任務，就有五百個彩虹圈。我要更認真，贏得更多彩虹圈，實現我的願望。
我先走了！

波波一點都不在意他有多少彩虹圈，一掃描完，他立刻衝向泡泡足球場。
波波，等等我！

露露跟著波波跑進擠滿泡泡精靈的看臺上，拿著加油棒，跟著大家高聲歡呼

最後一分鐘，泡泡飛虎隊的明星球員帥克踢進一球，獲得這場比賽冠軍！

現場歡聲雷動，波波拉著露露，在看臺上高興的又叫又跳！

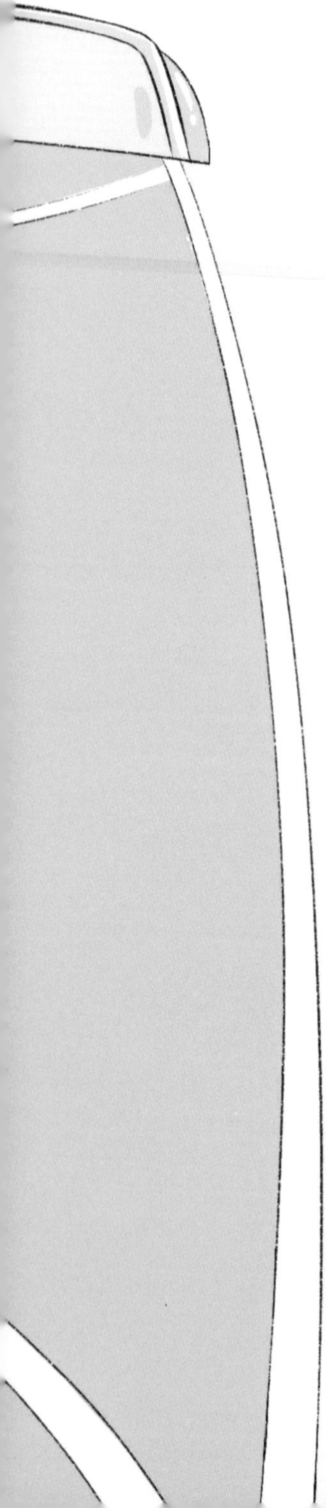

帥克邀請今天達成緊急任務的波波上場體驗踢球。

波波興奮的衝到球場上。平常有練習踢球的波波信心滿滿的拿起球，馬上用力一踢。

沒想到，泡泡足球砰一聲！剛好擊中站起來為他加油的露露的頭！露露氣得拿著球，衝到球場上——

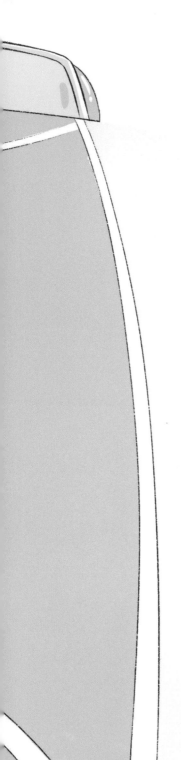

波波，你到底會不會踢球？
啊！我下次一定好好練習。我先走了！
你給我回來練習踢一百次！

露露，快到泡泡實驗室集合！
露露走進實驗室，看見波波和泡泡發明精靈站在白板前，討論設計圖。
露露，我把麥爺爺的創意玩具改造一下，就變成好玩又厲害的泡泡裝備了！
太好了！有了新裝備，就能快速完成任務。請泡泡發明精靈快點動工吧！

泡泡彈弓組

發射泡泡彈珠讓敵人陷入幻想迷宮、癢癢哈哈笑；沉浸在流口水的美食畫面，被迸發的怪味嚇到，瞬間失去攻擊力。

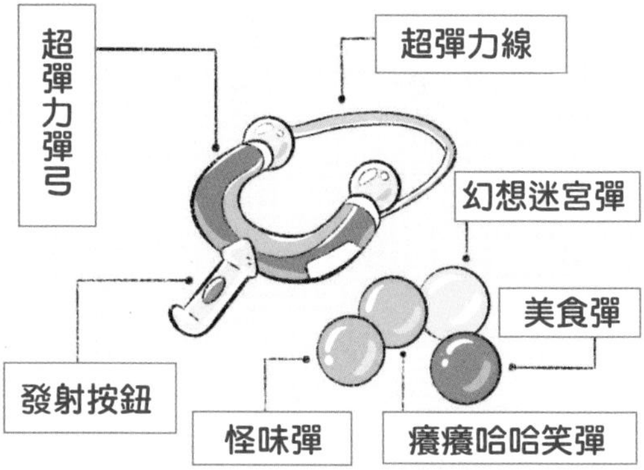

超彈力彈弓
超彈力線
幻想迷宮彈
美食彈
發射按鈕
怪味彈
癢癢哈哈笑彈

真心話麥克風

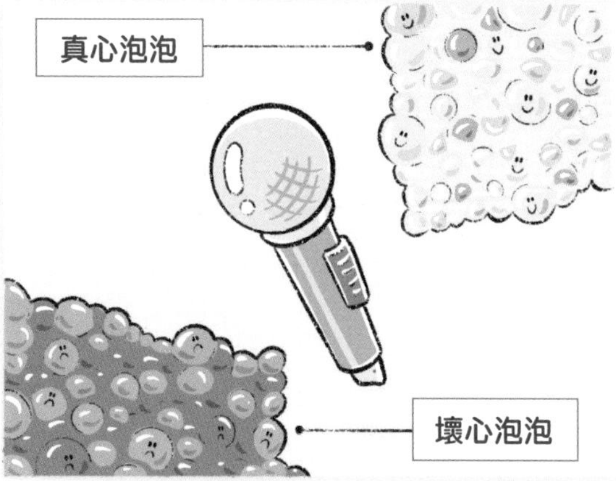

真心泡泡
壞心泡泡

麥克風上的偵測泡泡會讓你自動唱出真心話。還會飄出真心話內容的泡泡影像，讓大家看出你是真心或壞心。

★原始設計者：
神奇泡泡麥克風
（臺東東海國小三年級劉〇瑜）

魔法泡泡相機

能拍下對方的外形、聲音、心情、味道和記憶，儲存在泡泡中。還能一拍，就變出美麗服飾或變成其他東西。

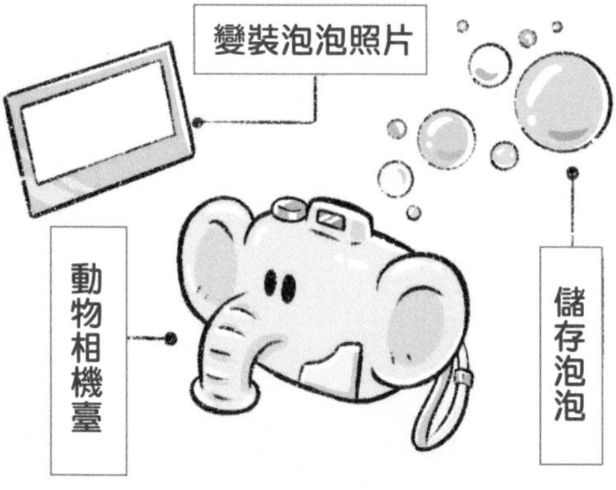

變裝泡泡照片
動物相機臺
儲存泡泡

閱讀123